KB032167

그 맘 알아

그 맘 알아
서윤덕 시집
햇살 한 자락을 목에 두르고 너에게 간다
솔과학

시집을 출간하면서

저는 봄, 여름, 가을, 겨울 사계절 신비롭고 아름답게 변하는 자연을 마주보고 놀며 이야기하며 글을 쓰기 위해 산과 들 작은 공원 호수 강과 바다로 나가길 좋아했습니다. 눈 앞에 펼쳐진 아름다운 세상, 연둣빛 고운 새싹부터 꽃과 무성한 잎 단풍과 열매 흰 눈과 찬바람에 이르도록 설레고 떨리는 마음은 지속되었습니다. 이런 자연과 그 속에 좋은 사람들과 자주 함께하며 누렸던 감동을 사랑과 희망, 공감과 위로의 글을 썼습니다.

오랜 기간 일기를 쓰고, 또 편지와 엽서로 지인들과 교류했습니다. 천리안, 유니텔, 나우누리, 이메일, 싸이월드, 아이러브스쿨, 인터넷 세상이 열리면서부터 소통창구는 점점 넓어졌습니다. 디지털카메라가 출시되고 다음카페, 네이버 블로그에 글과 사진을 올리고 멀리 떨어져 있는 지인들과 또는 만난 적 없어도 같은 취미를 갖고 있는 사람들과 소통, 공유할 수 있어 좋았습니다. 스마트폰이 등장하면서부터는 정말 놀라운 세상이 열렸습니다. 글쓰기에 기록 남기기에 최고 좋은 환경이 만들어졌습니다.

여중생 시절 남원에서

여고생 시절 전주에서

여군 시절 용산 육군본부에서

변함없이 꾸었던 꿈은 시를 짓고 등단해서 시인이라 불리우고 싶었습니다.

현대를 살아가는 청소년들이 긴 문장, 긴 글, 책 읽기를 어려워하며, 줄임말 줄임단어를 사용, 해석이 필요한 시대로 만든 것을 보며, 짧은 글 짧은 시를 지어서 아이들에게 읽게하고 외워 낭송하게 하고 싶었습니다.

단순하게 짧게만 짓는 것이 아니라 그 짧은 글 속에 위로와 사랑, 꿈과 희망, 행복과 감사, 우리 삶에 꼭 필요한 키워드를 글이나 시의 심장 속에 담았습니다.

블로그에 시를 지어 올리기 시작하니, 오랜 시간이 지나지 않아 연락이 오기 시작하였습니다. 제가 지은 시를 사용하고 싶다는 연락이었습니다. 시인이라고 호칭하면서 말입니다. 처음으로 연락이 온 곳은 놀랍게도 대기업 현대모비스 회사였습니다. 사보에 표지 글로 '11월' 시를 사용하고 싶다고 허락을 구하는 연락이었습니다. 이어서 세종특별자치시 교육청 교원치유센터에서 대형현수막으로 걸겠다는 요청. 그 이후로부터는 계수할 수 없으리만큼 많은 요청과 함께 시를 사용하는 기관 학교 기업이 줄을 이었습니다.

국민건강보험공단, 전쟁기념관, 동대문구청, 관악구청, 부평구청, 감사원, 시흥시청, 삼성, 서울대학교병원, 서울특별시의료원, 현대글로비스, 유한양행, 미국워싱턴문인회, 한국부동산원, 서울특별시교육청, 한국청년신문, 서울지하철스크린시 등이 있습니다.

특히, 한류-문학 해외에 한국시 알리기 한국대표시인54인선집 1백 편 시 번역 프로젝트에 '땅'이 선정된 것.

스마트폰에 상업용으로 사용될 V컬러링으로 제작된 것.

한국미술협회 2023전국연합시험 (서울대, 이화여대, 국민대, 고려대) 기초디자인, 소묘, 발상과 표현, 사고의 전환, 정물수채화, 정물소묘, 인물수채화, 칸만화, 상황표현에 [제시문]으로 '가을단풍'이 선정된 것.

서울특별시교육청에서 발행하는 서울교육 2023겨울호에 '존경' 시가 권두시로 선정된 것은 정말 마음속에 벅찬 감동을 안겨준 기쁜 일이었습니다.

궁금한 것을 검색으로 알아보고, SNS가 우리삶에 큰 비중으로 자리잡기 시작할 무렵부터 저는 블로그에 1일 1포스팅을 실행했습니다. 그러면서 간간히 시도 지어서 올렸습니다. 저만의 키워드 #짧은시 #좋은시 #짧고좋은시 #감동시 #공감시 #감동글에 해시태그를 달았고 그렇게 쓴 시가 모여 여 1,000편이 되었습니다.

그 중에서 160여 편을 골라 이렇게 시집으로 출간하게 되었습니다. 참으로 기쁜 마음입니다.

부디,
『그 맘 알아』 이 어여쁜 시집이
모든 사람들의 마음을 알아주고 다독이며 위로하고 희망을 주어
마음과 마음에 가서 닿기를 소망합니다.
손길에서 손길로 이어지기를 소망합니다.
좋은 날에 부모님이 자녀에게 선물하는 예쁜 책,
선생님이 제자에게 선물하는 책.
선배가 후배에게 선물하는 책.
친구가 친구에게 기념일을 축하하며 선물하는 예쁜 책으로 자리매김 되기를 간절하게 기도합니다.

2024. 01. 20. 서윤덕

목차

03 햇살 한 자락을 목에 두르고 너에게 간다 _59

04 너는 물처럼 누구에게나 필요한 사람이 될 거야 _85

05 고맙다 사랑한다 축하한다 _109

06 나 그대와 함께하니 더욱 좋습니다 _131

07 너와 나의 이야기가 다랑다랑 걸렸다 _155

08 그 맘 알아 _177

01

그래 그래 그랬었구나

사랑

내 안이

당신의 향기로 가득 찼습니다.

함께

그대가 잡아 준 손이

참 따뜻합니다

오랫동안 아주 오랫동안

같은 곳을 바라보며

걸어가고 싶습니다.

•경북 예천경찰서 관내 파출소 액자 게시 (2020. 2월)
•하퍼스바자 사보 표지글 (2021. 1월)
•정부기관 한국부동산원 본사 외벽 홍보글판 게재(2023. 10월)
•결혼식 초대장, 청첩장에 인용문구로 활용

땅

모든 것을 품고도

모든 것 아래에 있는

가장 겸손한 그대.

- 세종시 교육청 교원치유센터에 현수막으로 게재
- 안동 길원여고 시가 울리는 학교 교내 현수막 게재
- 러시아 사할린 한인학교 교정에 게재
- 인도네시아 홍보영상에 한글과 번역본 게재
- 한류-문학 해외 한국시 알리기 한국대표시인54인선집 1백편의 시 선정 한글과 영문 번역본으로 출간 [고대하다 연연하다 성찰하다]맥스미디어
- 울산광역시 삼호동 벽화시 게재 (2023. 05)
- 유튜브 맛있는 녀석들[2020혼밥특공대] 자막으로 게시 (2019. 12. 29.)

어깨

평생 너에게 빌려줄게

지치고 힘들 때 와서

기대도 돼

- 서울지하철 2.3.5.6.7호선 스크린시 게재
- 순천시청 전자사보 창간호 표지 시 (2021.2)
- 서울특별시 관악구청 시민을 위한 글판 게재 (2022. 10~2023. 1)
- 제주경제일보 속닥속닥 송인영의 문학이야기 게시 (2021. 04. 27.)
- 유튜브 인도네시아문화 소개 영상에 자막(한글과 영문)으로 게시 (2021. 02)

토닥토닥

그래 그래 그랬었구나

애썼어

너를 힘들게 했던

그 일 그 사람 모두가 진실을 알게 되었다니

양보하고 져주므로 우위에 선 너의 마음은

빛나는 보석이었구나

봄비 내려 새싹은 돋아나고

너의 삶에 햇살을 보낸다

너는 이후로 더욱더 빛날 거야

- 서울대학교병원 치유글판 게시 (2022. 겨울 2023 봄)
- 세종시 교육청 교원치유센터 현수막 게시

찬바람이 불어도

걱정 마

따뜻한 내 손으로

너의 손을

꼭 잡아 줄게

• 서울특별시 서울의료원 마음글판 게재 2021/겨울 (2021. 12)

부모님

제 손 잡아 주셨죠

제가 손 잡아 드릴게요

- 세종시교육청 교원치유센터 현수막 게시
- 독일에서 활동하고 있는 시인 연락 (독일어로 번역 사용요청)
- 유튜브 인도네시아문화 소개 영상에 자막(한글과 영문)으로 게시 (2021. 02)

내 딸 내 아들

똑같은 옷을 입은 수많은 학생들 가운데

유독 너만이 내 눈에 밝게 보인다

이게 사랑인 것을

너의 어깨너머에 환한 꽃이 피었다

널 보는 나도 웃음꽃 피운다

• 서울대학교 병원 어린이병동 치유글판 (2020년)

겨울희망

손발이 시렵고

어깨가 움츠러들지라도

조금만 더 걸으면

난로 같은 그대를 만날 수 있습니다.

• 정치정당 경남도당 대학생위원회 '2019년 비전' 홍보포스터 여는 글 게시 (2019. 02)

존경

캄캄한 길 더듬거리고 있을 때

찾아오셨습니다

어렵고 힘들어 포기하고 싶을 때

붙잡아 주셨습니다

당신을 우러러 봅니다.

• 서울특별시교육청교육연구정보원 서울교육 2023겨울호 권두시 (2023. 12)
• 충주 장안농장 류근모와열명의농부 채식뷔페 대형 시 걸개 게시 (2023. 07)
• 전주대학교 중앙동아리연합회 스승의날 제작 카드에 게재 (2020.05. 15.)

2022.12

괜찮아

조금 늦게 일어나면 어때

고단함을 단잠으로 씻어 냈잖아

줄서기에는 앞자리보다

중간 이후 자리가 편안하단다

앞에도 뒤에도 모두 친구가 있잖니

경쟁에 날 세우는 삶보다

따뜻한 손 내밀어 온기 나누렴

쓰라린 경험은 너를 성장하게 하는 자양분이 될 거야

심호흡 크게 하고 하늘을 올려다봐

엄마가 다독이는 손길에 힘을 얻고

너 스스로를 감싸 안고 괜찮다고 말해보렴

진짜 괜찮아질 거야

• 의왕시 문화의거리 게재

너의 처음을 응원하며

처음엔 나도 그랬어

떨렸고 두려웠지

위축되고 서툴러서 불안했어

그러나

반복되는 시간이 몇 번 지나면

익숙해지고 좋아지게 되는 게 세상 이치란다

걱정 마

어깨를 펴봐

물어봐

손을 내밀어봐

그리고 방긋 웃어봐

어디에 있든지 너를 돕는 사람은 반드시 있단다

• 포항 대도중학교 신입생 환영 대형 현수막 게재 (2022. 봄)

우리의 겨울

팔짱을 끼듯

그대 주머니에 손을 넣고

따뜻함을 충전 받습니다.

가까이 더 가까이

한 주머니 속에 두 손

겨울이라서 더 좋습니다.

• 청계천 크리스마스 축제 게재 (2020. 겨울)

2022.12.15.

내 친구

무슨 말을 해도 나와 말이 잘 통하는 너
어깨를 나란히
때론 손을 꼭 잡고 걸었던 시간 시간들
나의 즐거운 이야기에 깔깔 웃고
고민스러운 이야기엔 위로하며
슬픈 이야기에 같이 눈물 흘리며 공감해주는
너는 나의 소중한 친구

한쪽 눈 감고 윙크하면 금방 알아차리고
두눈 깜빡 해줌으로 화답했지
한결같은 내 편
니가 있어 언제나 든든했어
지금까지도
내 삶의 행복 절반을 채워 준 내 친구야
고마워 사랑해 앞으로도 더 잘 지내자

• 제9회 워싱턴 동포와 함께하는 열린낭송의 밤 문집수록 및 낭송

물

낯은 곳을 향하여 흐르면서

끝없이 노래하는 그대

부드러운 숨결로 찾아와

가장 순수한 입맞춤으로

희망의 뿌리를 내리게 하네

거칠고 모난 것들을

강하고 뾰족한 것들을

품에 안고 속삭이며

마침내 싹을 틔워내는 놀라운 그대

- 한국인성교육협회 10가지 색깔의 의미담은 시 발췌 하얀색 순수시로 선정
- 현대 오일뱅크 사보 여는 시 (2022.3)

청혼

그대로 인해

더욱 멋있어질 내가 기대됩니다

사랑으로 견고한 울타리 만들어

희로애락을 그대와 늘 함께 할께요

사랑합니다

제가 내민 손 잡아주세요

• 익산시 서동공원 공공미술프로젝트 미술조형작품 국화속에 청혼 시 게재

2022-10-15
KIM SOOK KYUNG

웃고 있는 봄

입춘아침 서리꽃이 피었지만

내 눈에는 보인다

저 창밖에 웃고 있는 봄이

• 광주 양림동 펭귄마을 벽화시 게재

그대

덕분입니다

내가 꿈을 키워갈 수 있음은

덕분입니다

내가 활짝 웃을 수 있음도

덕분입니다

내가 맘껏 행복 누릴 수 있음은

덕분입니다

내가 나의 작은 것 나눌 수 있음도

• 서울포럼2022 이달의 과학인상 시상식 행사 축하시 낭독 및 뉴스보도 (2022. 6. 15.)

희망

무엇이 너를 그리도 힘들게 했니

다 내려놓고 내게 오렴

내가 맛있는 밥 지어줄게

같이 먹자

한쪽 문이 닫히면

또 다른 문이 열리는 게 세상 이치란다

밥 먹고 나면 열린 문을 향해 나아갈 수 있을 거야

혼자 가기 두렵거든 내 손을 잡으렴

함께 손잡고 가자

푸른 나뭇잎이 햇살에 반짝이고

나뭇잎 사이사이로 아직 익지 않은 과실이 보인다

• 충청남도 청소년 진흥원 뉴스레터 058호 게재

관심

있지

나 너의 여러가지들이

궁금해지곤 해

나 너랑

친하게 지내고 싶어

맛있는 것 함께 먹고

좋은 곳 여행도 함께 가자

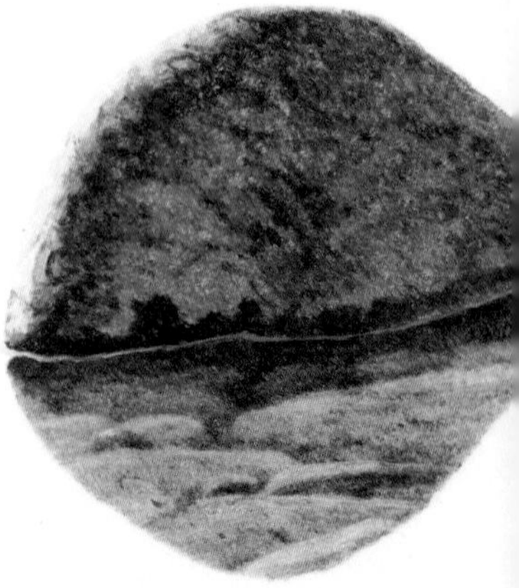

02

내가 갈까, 들어오게 할까

1월

어제와 다른 해가 떠올랐다

우리 활짝 웃으며 빛을 맞이하자

사랑과 행복 기원하는 덕담이 줄을 선다

나이는 얼굴 표정과

서로 나누는 언어 속에 깃들어 있다

•전라북도교육청 순창도서관 2월 홍보인쇄물 게재

2월

봄맞이하려고 안간힘을 쓰고 있다

얼음 아래 졸졸졸 흐르는 시냇물 소리

동백꽃망울 기지개 켜는 모습

상급학교에 갈 채비하며

의젓함을 여미는 이월

찬바람이 옷깃을 파고들다가

아지랑이와 함께 오는 훈풍에 꼬리 내린다

봄맞이 길을 여는 이월 고맙다

봄 향한 2월

겨울 아니

봄도 아닌

싹틔우는 계절로 달리는 2월을

햇님도 달님도 우리들도

이삼일은 채우지 않아도 좋다고 허락했지요

그대도 내 곁에 올 때 이월처럼 오세요.

3월

연둣빛 바람 불어와

봄꽃 옷을 입힌다

내 곁에 있는 너도

꽃 빛 물 오른다

- 국민건강보험공단 본사 행복글판 게재 (2020. 봄)
- 고려대학교 공공정책대학원 봄 홍보글 인용 (2020. 봄)

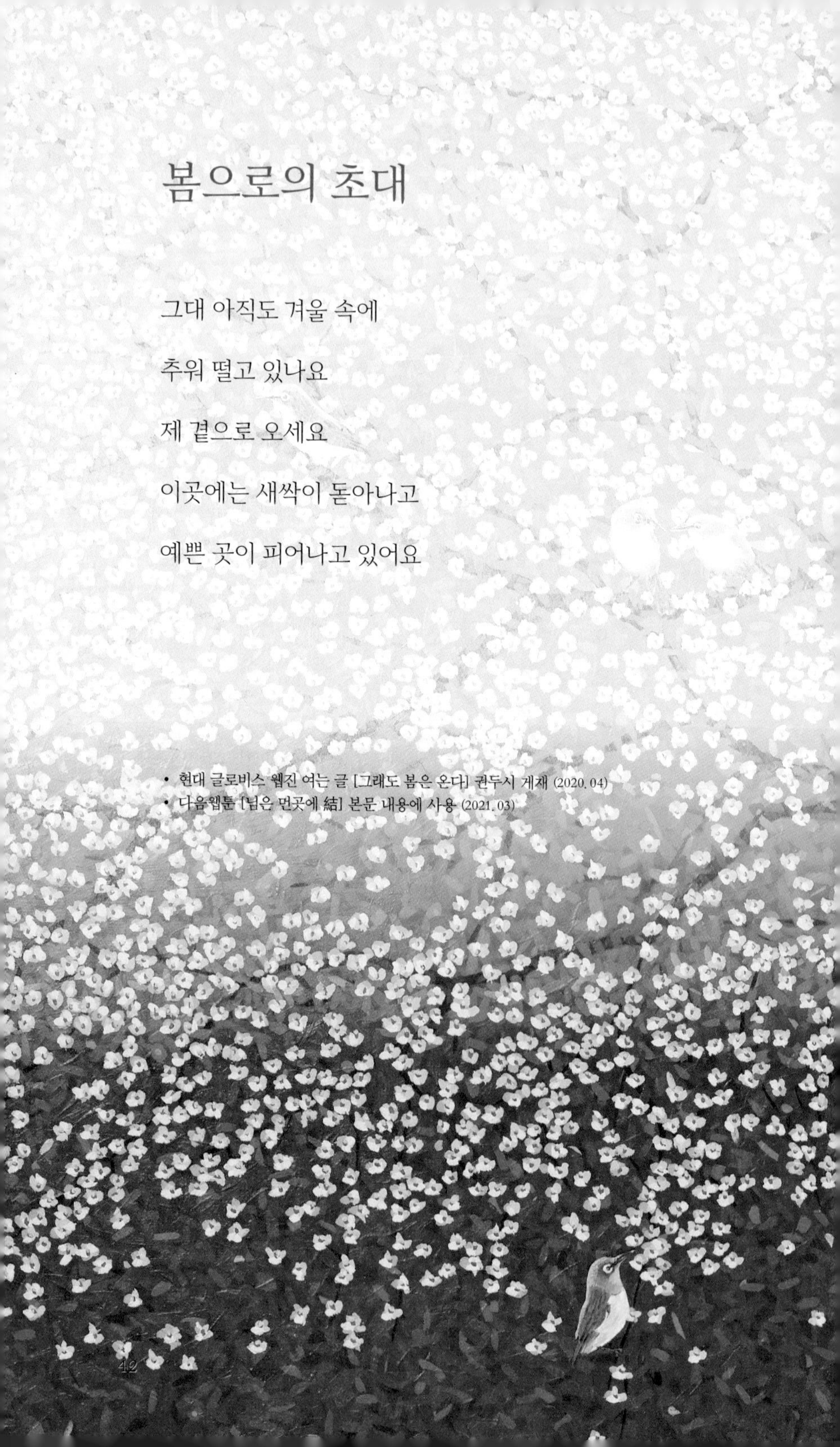

봄으로의 초대

그대 아직도 겨울 속에

추워 떨고 있나요

제 곁으로 오세요

이곳에는 새싹이 돋아나고

예쁜 곳이 피어나고 있어요

- 현대 글로비스 웹진 여는 글 [그래도 봄은 온다] 권두시 게재 (2020. 04)
- 다음웹툰 [님은 먼곳에 結] 본문 내용에 사용 (2021. 03)

입춘

겨울 찬바람 뒤에

숨어 웅크리던 봄이

어느새 문밖까지 와서

서성거린다

내가 갈까

들어오게 할까

기분 좋은 설레임이다

- 현대백화점 H.piont 공식계정 3.21세계시의날 기념 '입춘'선정 영상제작 게시 (2023.3)

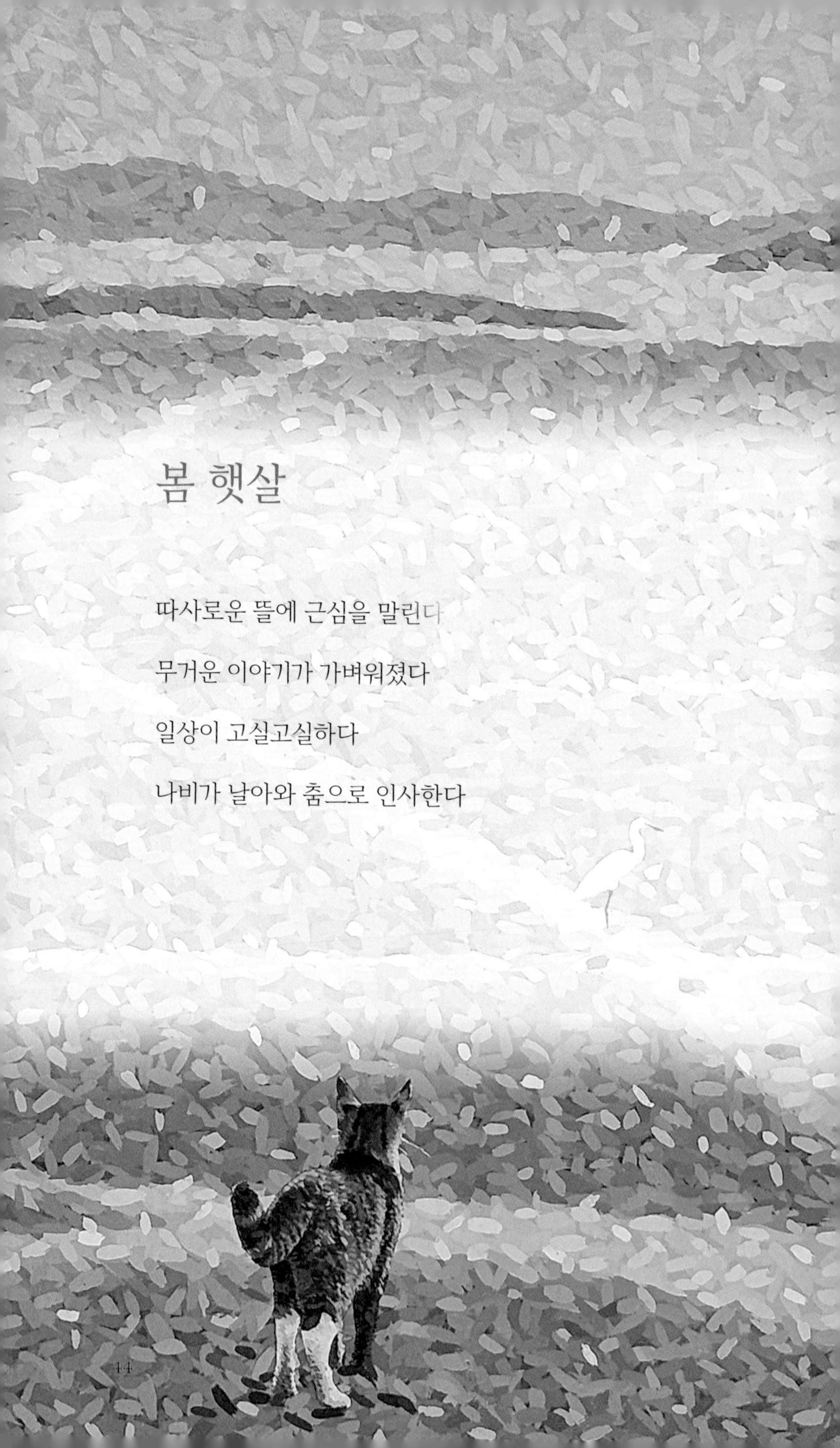

봄 햇살

따사로운 뜰에 근심을 말린다

무거운 이야기가 가벼워졌다

일상이 고실고실하다

나비가 날아와 춤으로 인사한다

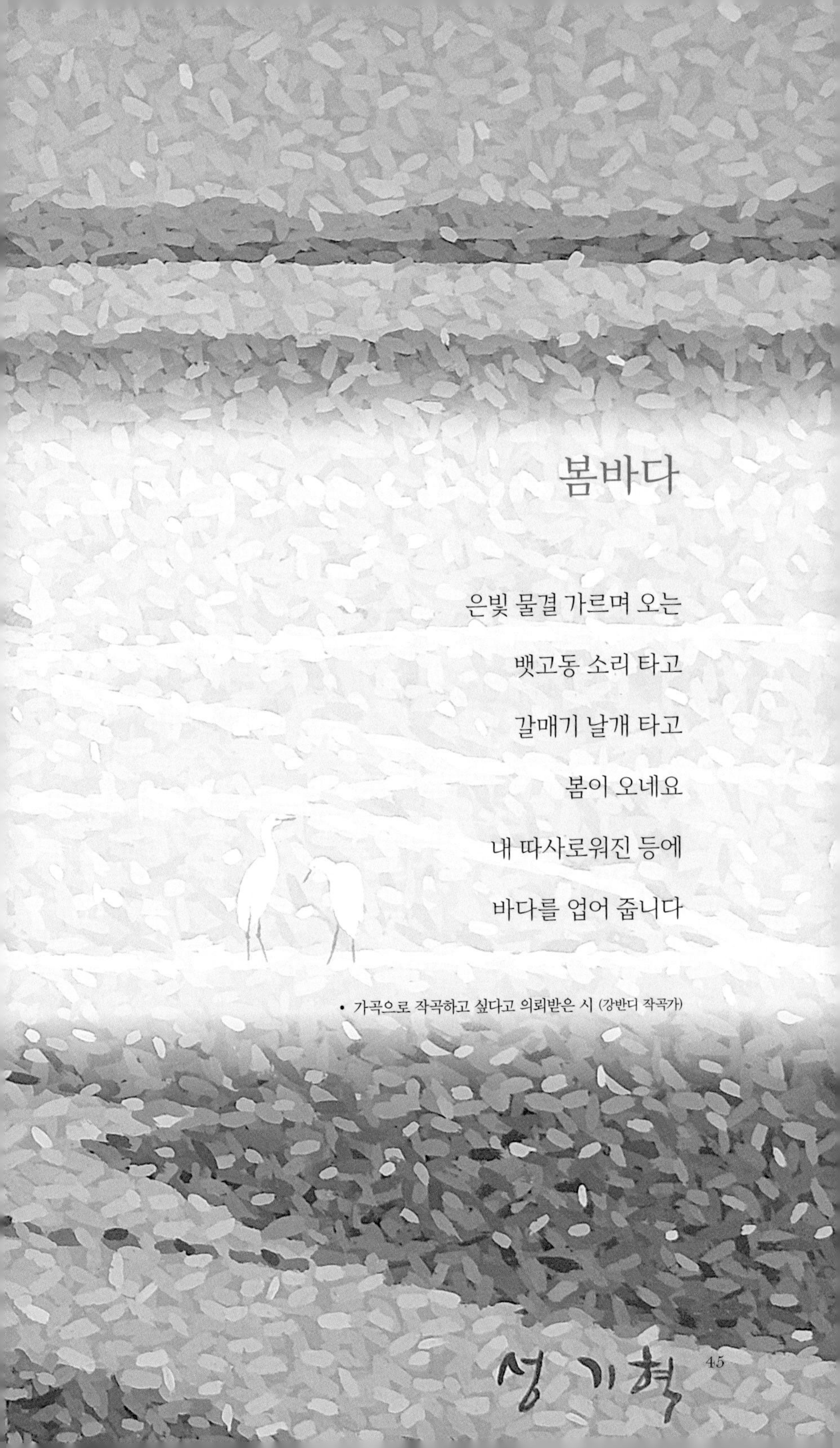

봄바다

은빛 물결 가르며 오는

뱃고동 소리 타고

갈매기 날개 타고

봄이 오네요

내 따사로워진 등에

바다를 업어 줍니다

• 가곡으로 작곡하고 싶다고 의뢰받은 시 (강반디 작곡가)

성기혁

봄비

더 연두하게 솟아나고

더 화사하게 피어나고

더 졸졸졸 노래 부르라 한다

4월의 바람

4월감동의깃발이봄하늘을흔듭니다

우리 모두는 겨울을 이겨내고

꽃처럼 활짝 웃음 짓습니다

봄은 사랑입니다

봄은 희망입니다

우리에 간절한 바람이

열매 맺어질 날 기대하며

씨앗을 뿌립니다.

5월

꽃보다 더 아름다운 초록 잎새

사방에 초록이 춤춘다

우리들의 삶도 초록이다

장미꽃

태양보다 더 밝다

초록을 더 초록으로 빛내주는 장미

맑은날도

흐린날도

변함없이 초록과 어울려

예쁜색과 고운향을 선물한다

나는 장미꽃같은 사람이 좋다.

• 우리문화신문 게시 -겨레문화와 시마을 145- (2023.6)

성장하는 6월

여름을 데려오는 6월

뜨거운 태양

퍼붓는 소나기 아래서도

초록은 푸르게 푸르게 커간다

우리도 땀 흘리며 땀 흘리며 성장한다

6월

6월은 찬란한 햇볕 받으며

성숙되어 가는 달

따뜻했던 봄기운 모아

푸른 잎 울창하게 펼치는 달

꽃들이 피었다 진 자리에

열매 맺어 자리 잡은 달

6월은 영양 가득 모아

키가 크는 달

6월은 그늘 찾아가는 달

시원한 바람 좋아하여

이루어가는 꿈의 바람으로 이끄는 달

모내기를 마친 들

너른 들녘에

꼬마 병정들을 열 지어 세워 놓은듯합니다

불어오는 바람에 같은 방향으로

누웠다 일어섰다를 반복하는 모습이

사랑스럽습니다

햇볕 아래서

반짝거리는 초록 옷 입은 꼬마 병정들이 웃고

나는 머잖아 그들이 갈아입을 황금색 옷을

생각하며 따라 웃습니다

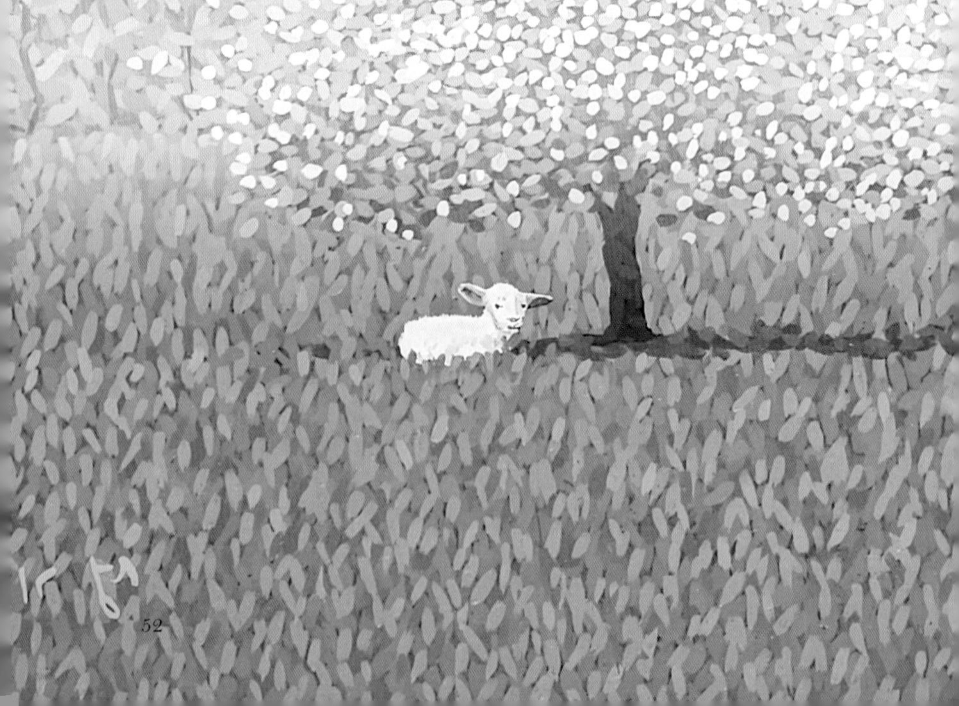

행복한 칠월

나무들이 한껏 멋을 내며

초록 향기를 뿜어낸다

너와 나도 초록에 물든다

• 전쟁기념관 외벽 홍보글판 게재 (2020.7월)

너와 함께하는 비

보고 싶다 보슬비

있어 줘 내 곁에 이슬비

가지 마 가지 마 가랑비

소리 크게 노래하자 소낙비

집에만 있을까 집중호우

- 한국청년신문 게재 (2020. 8)

여름

구름아 햇살 가려주니 고마워

비야 뜨거운 열기 식혀주니 고마워

해야 달콤한 열매로 변신시켜주니 더 고마워

고마워하는 너를 보며 나는 성숙해진다

- SBI저축은행 홍보 표지 글 (2021. 8)
- 서울특별시 동대문구청 희망글판 게재 (2021. 여름)
- 서울특별시 구로구 구로사회복지관92호 소식지 여는시 게재 (2021. 여름)
- 인천광역시 경연초등학교 도서관 이달의 좋은 문구 [시랑나랑] 선정 (2023. 06)

2022. 6. 17.

팔월

불볕더위에

키 작은 채송화가 피어 웃고 있다

나도 마음 밭을 꽃밭으로 가꾼다.

- 부평구청 공감글판 부평구내 도서관 외벽 홍보글판 게재 (2021. 여름)
- 시흥시청 시정홍보글판 게재 (2022. 여름)

너의 팔월

더위를 견디며 자연에 순응하고

사람을 사귀며 세상에 적응하고

꼭 해야 할 일을 성실하게 하는 너

안으로 안으로 내공이 쌓이고 있구나

성숙되어지고 있는 너의 팔월을 축복해

03

햇살 한 자락을 목에 두르고 너에게 간다

보약

일년에 보약 몇 첩 챙겨 보시나요?

자라는 아이들에게 보약 몇 제 지어 주나요?

보약은 국영수에 밀려 삼겹살에 밀려

저만치 등뒤에서 서성이네요

형편이 어려워 보약 엄두도 못낸다구요?

사랑의 말

칭찬의 말

위로의 말

따뜻한 밥

웃어주는 입

들어주는 귀

내어주는 어깨

잡아주는 손

자주 안겨보게 하고 또 안아주는 품

사소한 것 같아도 대단한 보약입니다

수시로 자주 먹게 할 수 있는

최고의 보약입니다

집집마다 보약 먹는 소리 들립니다

보약먹는 소리는 어떤 소리일지 귀 기울여 보아요.

춤추는 구름

푸른 하늘을 무대 삼아

흰 구름이 춤을 춘다

지상에서 고개 들어 하늘을 본

나는 행복한 관객이다

벼꽃을 보며

예쁘지 않은 꽃이 어디 있으며

귀하지 않은 열매 어디 있을까

시간 내고 마음 열고

정성을 들여야만 볼 수 있는 꽃

세상에서 가장 귀한 열매꽃

벼꽃 쌀꽃 밥꽃

예쁘다고 표현하기조차 미안한 꽃

피어난 모습이 신비롭고 성결해

감사하다고 먼저 느끼게 되는 아주 작은

새하얀 벼꽃

자연에 외침

봄 새싹 틔워라

여름 푸른 잎 무성하여라

가을 열매 수확하여라

겨울 씨앗 저장하여라

벼꽃 찬가

팔월 한낮 뙤약볕 아래
그늘 하나 없는 들녘을 가 보라
줄줄이 알곡 채울 집 먼저 지어 놓고서
작고 작은 웃음 크게 펼쳐 보이고 있는 벼꽃
뉘라서 무릎 구부리지 않고 들여다볼 수 있을소냐
볏 잎 사이에 숨어 있는 듯 다소곳하게 핀 벼꽃

수 천 년을 낮은 곳에서
피고 지고 피고 지고 또다시 피어나는 영원함
키도 꽃도 작아 잘 드러나지도 않은 존재이지만
그 작은 벼꽃에 기대어 우리의 생명도 이어간다

꽃으로서는 기억되지 못할지라도

꽃이 진자리 수수 많은 황금빛 알곡들의 잔치

숭고하고 거룩한

우리들의 터

우리들의 숨

우리들의 삶이 연장된다

생명을 유지시켜 주는 밥상 위에 주인공

그 빛나는 결정체를 만들어내는 벼꽃이여

불볕더위와 나무

높은 곳에 있는 하늘의 해가

낮고 낮은 땅에 열기를 보낸다

새싹나고

꽃피우고

이젠 열매를 익힐 차례

하늘의 해가 열기를 보내주지 않으면

실과들은 어찌 익을 수 있을까

열기마저도 고마운 시간이다

땅 아래에 뿌리를 둔 나무들

더위에 아랑곳하지 않고

시원한 그늘을 우리에게 선물한다

수백 년을 한곳에 살면서도

불평하지 않은 큰 나무

집값으로 욕심 채우려

이리저리 옮겨 다니는 사람들에게 침묵하지만

한여름 넓은 그늘 만들어 쉼터를 준다

저 타오르는 열기 속에서

열매들이 익어갈 때

우리들은 무엇을 배워 익혀야 할까?

• 정부기관 감사원 감사지 여는시 게재 (2021. 여름)

입추

여름이 숲을 향해 걷는다

살랑거리는 바람 따라 열매들이 살 오를 때

잠자리가 날갯짓하며 가을을 데려온다

• JTBC브랜드실 캠페인영상 내 '입추' 문구 허락 요청시

참 좋은 구월

해바라기 웃음이 하늘에 닿고

코스모스 애교가 땅에 살랑인다

• 시흥시청 시정홍보글판 (2022. 가을)

가을단풍

봄과 여름이

가을 속으로 들어와 안겼다

• 한국미술협회 2023전국연합시험(서울대,이화여대,국민대,고려대) 기초디자인. 소묘. 발상과 표현. 사고의전환. 정물수채화. 정물소묘. 인물수채화. 칸만화. 상황표현
–제시문 詩로 선정–

가을낭만

단풍이 꽃으로 피는 계절

너와 함께 낙엽 쌓인 길을

바스락거리며 걷고 싶다

- 울산광역시청 웹진 헬로울산 이가을 낭만을 찾아서 권두시 (2020. 11. 12.)

너의 시월

봄여름의 땀으로

풍요를 맞이했듯이

따뜻함을 준비하면

겨울이 행복할 거야

• 동온하정 식품회사 홍보영상에 자막으로 게시

가을바람에

나뭇잎이 물든다

나뭇잎이 춤을 춘다

나뭇잎이 쌓인다

나는 성숙되어 간다.

- 서울특별시 서울의료원 마음글판 게재 2022 가을 (2022. 가을)

너의 가을

단풍잎처럼 곱게 물들었구나

연두빛 새잎보다

진한 초록잎보다

더욱 보기 좋아

잠시 찬바람도 곁에 머물게 해주렴.

• 고용노동부 아빠넷 육아 퇴근후 지친 마음을 다스려줄 시 선정 게시 (2020. 10. 28.)

11월

가을이 겨울을 부른다

햇살 한 자락을 목에 두르고

너에게 간다

- 현대모비스 사보 표지글 (2018. 11)
- 티티엘뉴스[비주얼뉴스]11월의 여행 '문화 예술이 있는 섬' 보령죽도 상화원 (2020. 11. 19.)

입동

낙엽은 지고

겨울이 문밖에서 노크한다

한 살 더 먹을 채비 하란다

• 30만 삼성 임직원이용 포털사이트 바탕화면 게시 –제일기획 제작- (2022. 12)

12월

난로 앞에 옹기종기 모여

돌돌 말린 새해 달력을 폈다

첫 장이 12월이다

끝이 아닌 시작

1월과 2월을 품고 있는 12월

난로는 따뜻하게 새해로 안내한다

송년

삼백예순의 나날들

기쁨과 슬픔

아쉼과 홀가분이 섞여있다

우리 함께했기에 좋았던 한 해

설레이며 새해를 맞이하자.

• 30만 삼성임직원의 포탈사이트 바탕화면 게시
-제일기획제작- (2020.12)

새해소망

꽃처럼 어여쁘기를
꽃처럼 향기롭기를
꽃처럼 사랑받기를

물처럼 꾸준하기를
물처럼 깨끗하기를
물처럼 사랑하기를

해처럼 찬란하기를
해처럼 따뜻하기를
해처럼 품어주기를

해

밝고 환한 아침이 열린다

웃음꽃을 피우게 한다

이 좋은 빛을 너에게 보낸다

설날 덕담

새해엔

분명한 목표를 세우고

부지런하게 실행하렴

네가 선 곳이

정상이 아니더라도

기쁘게 땀 흘리며

능선에 설 날들도 응원해

해도 달도 별도

모든 것들은 너를 위해 존재한단다.

04

너는 물처럼 누구에게나 필요한 사람이 될 거야

특별한 너

너와의 만남을 통해
세상이 참으로 아름답고
살만한 곳인 줄을 알게 되었다

키 작은 풀꽃들의 웃음도
살랑거리는 바람의 노래도
때에 따라 변하는 하늘빛깔도
네가 나에게 옴으로써
우리들의 웃음 가득한 삶을 만드는 자양분이었다

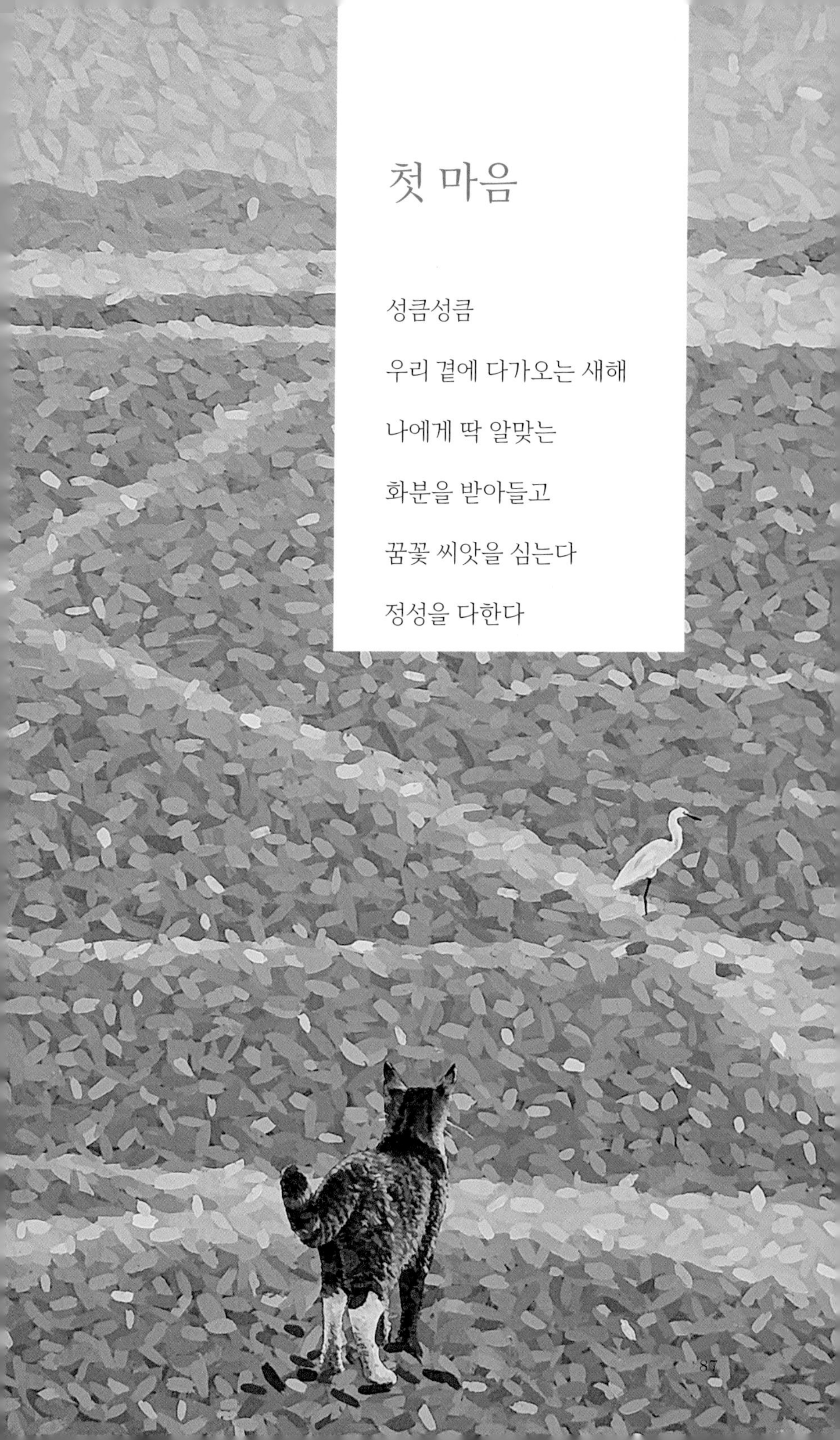

첫 마음

성큼성큼

우리 곁에 다가오는 새해

나에게 딱 알맞는

화분을 받아들고

꿈꽃 씨앗을 심는다

정성을 다한다

산처럼 듬직하게 작은 나무들을 품고 키워서

많은 생명들이 살아 숨 쉴 수 있는

너의 터전을 만들어 낼 거야

- 김천중앙고 교내 현수막으로 게재(시울림이 있는 학교)

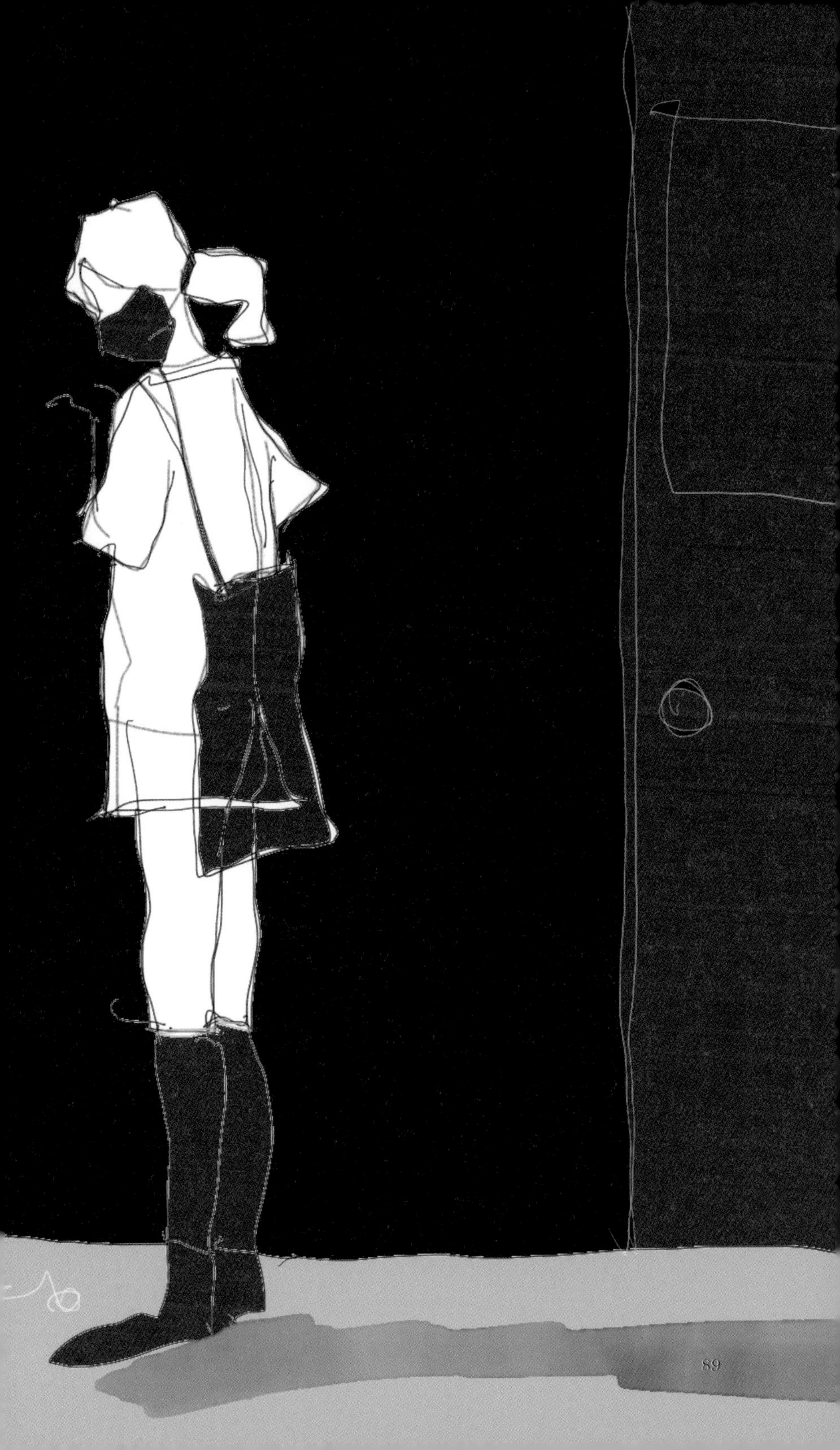

행복의 첫 조건

늘 기쁘지 않듯

늘 슬프지도 않아

지나고 나면 고통스럽고 힘든 날들이

더 또렷하게 기억되고

그 일로 인해 더 고귀한 열매가 맺어진단다

한번 주위를 돌아보렴

행복한 조건에도 불행해하는 사람들

반면 불행한 조건인데도 행복하다 말하는 사람들이 있어

무엇 때문에 어떤 사람들이 행복한지

너는 금방 알게 될 거야

고단한 몸을 뉘이고 잠을 잘 수 있음과

밝아오는 아침을 맞이할 수 있음이 행복의 첫 조건이란다

토닥토닥

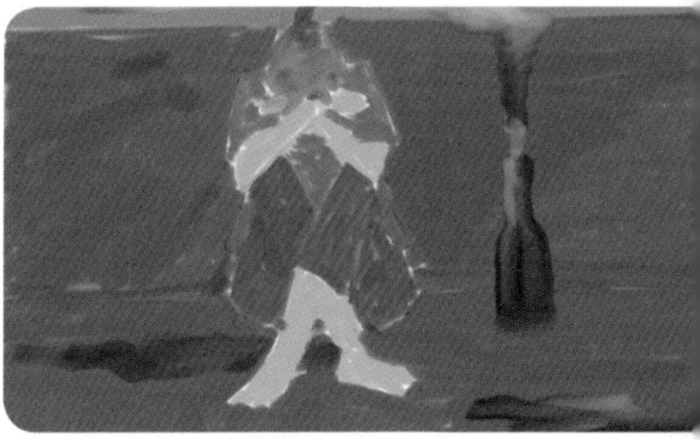

괜찮아 괜찮아

그럴 수 있어

누구나 처음엔 그래

다시 천천히 가보자

널 위해 기도할게

내 위로에 힘입어 세상 속으로 당당하게 걸어간다면

그것은 네가 나에게 주는 최고의 선물이 될 거야

머지않아 알게 될 거야

주위에 누군가를 사랑할 대상이 있다는 것은

그 자체로도 행복이란 걸

다시 봄은 온단다.

풍덩

그대 처음 만난 날

맑은 눈빛에 풍덩 빠져들었습니다

그대 만날수록

매력에 이끌리어 그 안에 잠깁니다

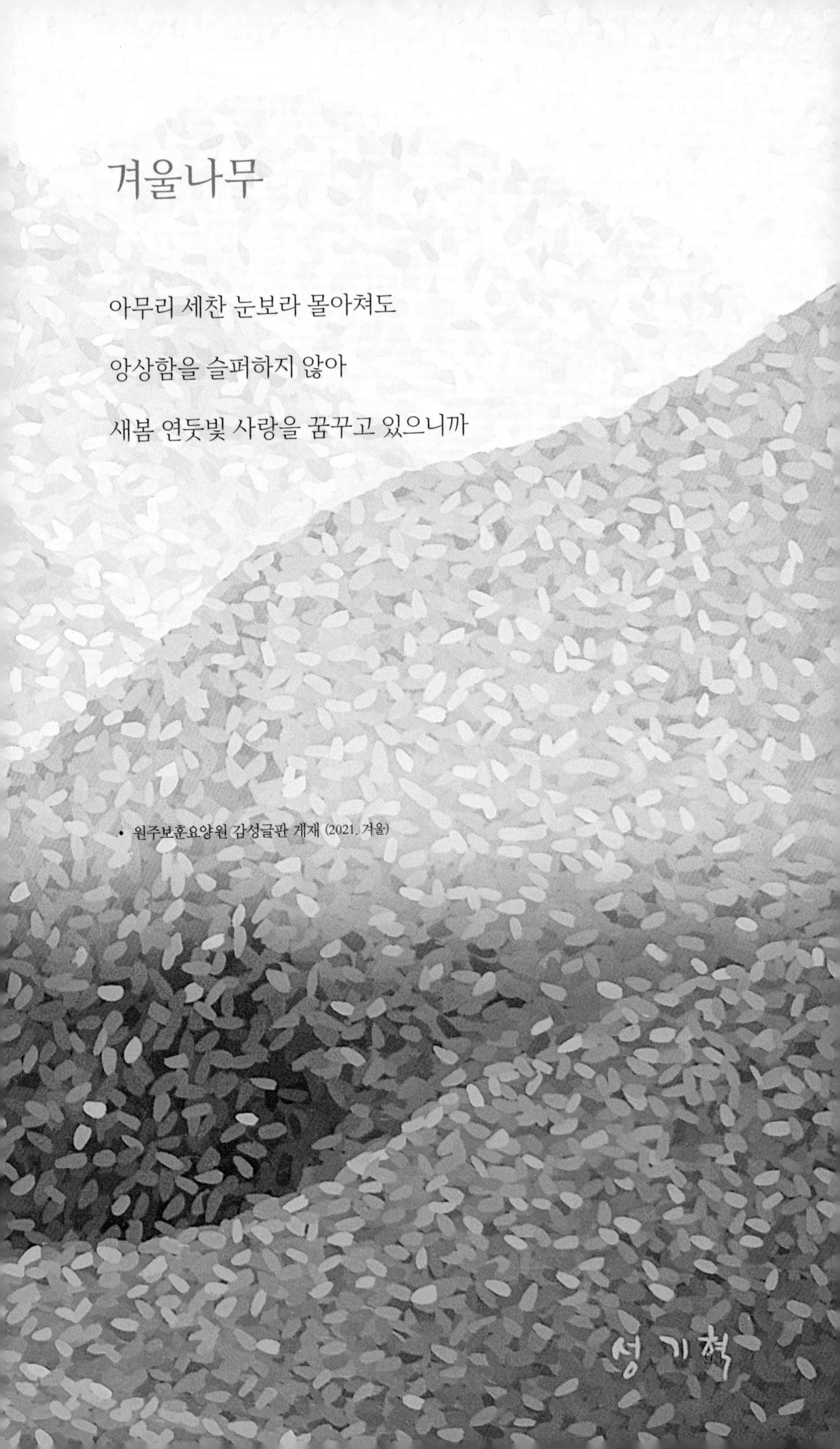

겨울나무

아무리 세찬 눈보라 몰아쳐도

앙상함을 슬퍼하지 않아

새봄 연둣빛 사랑을 꿈꾸고 있으니까

• 원주보훈요양원 감성글판 게재 (2021. 겨울)

성기혁

노을

하늘에 핀 꽃

발길을 멈추고 올려다보는 꽃

어둠 속으로 사라지는 꽃

저녁노을

아름다워라 하늘

사랑스러워라 구름

어느 물감인들 저리 고운 빛깔을

낼 수 있을까

고개 들어 바라볼 수밖에 없는 황홀한 광경

세상 모든 사람들 다 관람할 수 있도록

자연이 만들어준 거대한 갤러리

물듦

거대한 화폭이 된

아름다운 저녁 하늘

햇님이 겸손히 인사할 때

그 고운 미소를 배경 삼아

구름이 실시간 작품활동을 한다

눈을 뗄 수가 없다

물들었다

정성

보따리 보따리

고향의 빛깔과

엄마의 시간이 담겼다

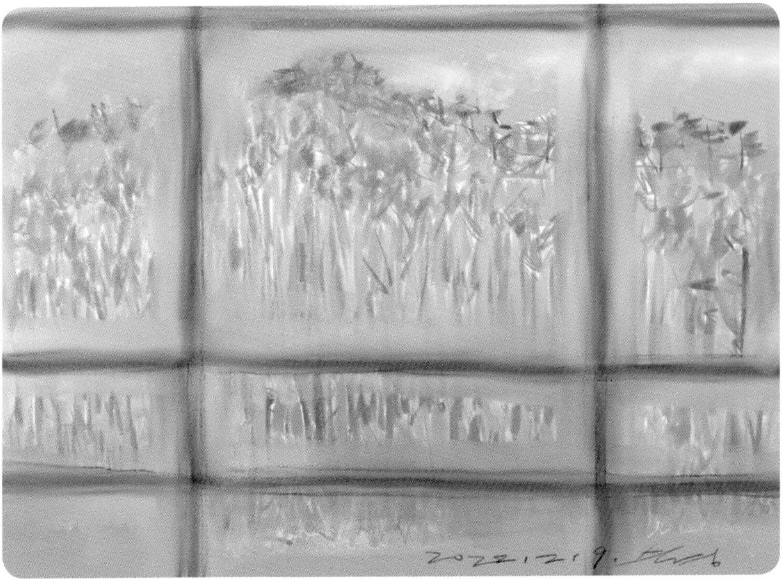

엄마

사랑의 결정체

보석처럼 빛나는 이름

풍요의 상징

따뜻한 밥상 앞에 배부름

그리움의 대명사

눈 감을 때까지 안기고 싶은 품

아버지

세상에서 가장 크고 넓었던

당신의 등이 그립습니다

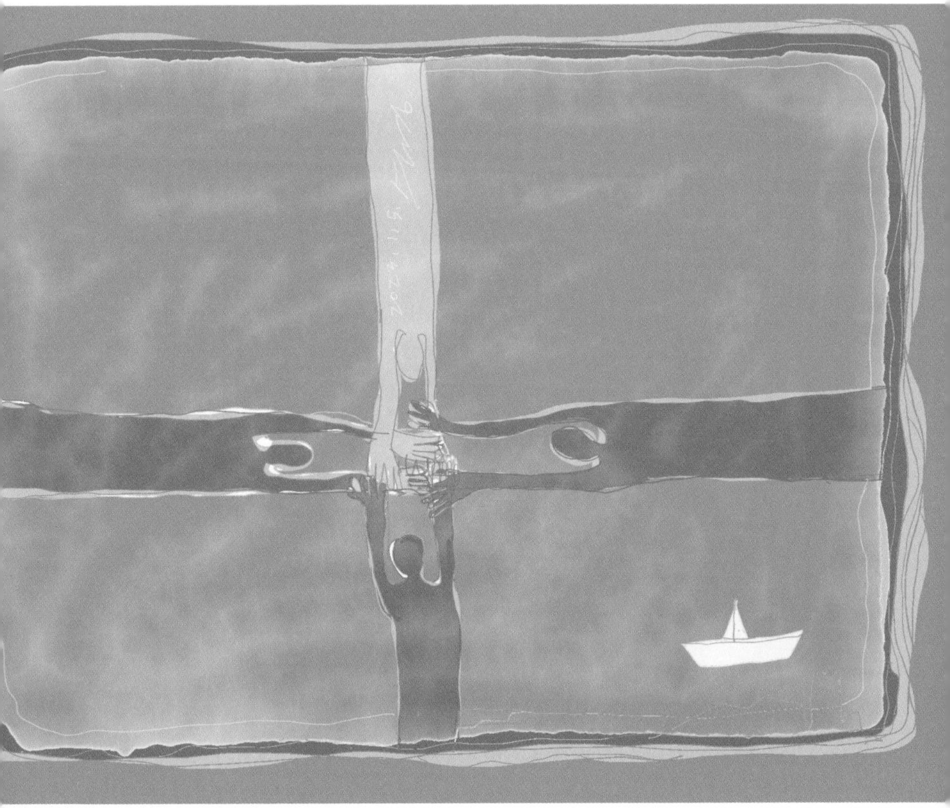

약손

당신의 체온 그대로가

내 몸에 약이 되었습니다

그 포근함이 그립습니다

우리집

지친 몸과 마음이 편히 쉴 수 있는 곳

나만의 공간이 있는 곳

일상의 이야기들을 재잘거릴 수 있는 곳

맛있는 음식이 있는 곳

작은 성취에도 인정하고 칭찬받는 곳

큰 실수를 이해받으며 따뜻하게 안아주는 곳

사랑과 용서의 나무를 가꾸며 웃음꽃 피우는 곳

마주보며 희망의 언어를 속삭이는 곳

내가 가는 길

너와 함께 손잡고 걷는 길

너 없이 갈 수 없는 길

• 결혼식 청첩장에 사용 요청 게재

좋으신 선생님

제게 내민 그 따뜻했던 손길

얼음처럼 차갑게 굳었던 제 마음을 녹여주셨습니다

제게 보내주신 그 다정했던 눈길

어깨 위에 자신감으로 덮였습니다

제게 건넨 그 인자하신 말씀

피가 되어 제 온몸에 지금도 흐르고 있습니다

고맙습니다. 선생님

• 지리산 더케이가족호텔 시액자 게시 (2023. 04)

행복한 만남

참아주고 기다려주고 다독여주셔서

마음속에 작은 촛불 하나 켤 수 있었습니다.

선생님의 언행을 본받아

어디에 있더라도 활용하겠습니다.

선생님의 제자였음을

어디에 가서라도 자랑하겠습니다.

• 대만 스승의날 9.28 인스타 게시물 한글과 중국어 번역본 동시 게재 (20220. 09. 28)

겨울들녘

겨울칼바람이 산야를 넘나들며

호령하더니

점심을 먹고 난 시간

시계추에 매달려 졸고 있다

그 틈을 탄 햇살이 가만히 내려와

부드럽게 소곤거린다

흩어진 알곡들이 웃는다

풀뿌리가 기지개켠다.

봄비

더 연두하게 솟아나고

더 화사하게 피어나고

더 졸졸졸 노래 부르라 한다.

봄비소리

봄비소리는 아름다운 음악

겨울바람이 걸터앉았던 나뭇가지에

꽃과 잎을 틔우게 하고

겨울잠 달콤함에 깃든

흙 속 씨앗을 깨우는 희망 행진곡

05

고맙다 사랑한다 축하한다

말의 힘

힘좋은 말은

달려도 달려도

지치지 않습니다

들어도 들어도

기분좋은 말은

달리고 달리게

만드는 힘이 있습니다.

수능시험

수리수리 술술 잘 풀거라

능력 최대한 펼치어라

시험 답안지에 정답만을 마킹하여

험한 관문 수능 차분하게 통과하렴.

여기까지 잘 왔구나

책과 노트 선생님강의속에서

숨쉬던 날들

눈길주고 손길주고 마음주었지

그간 참으로 애썼다

어느길이든 길은 수없이 많단다

너에게 주어진 시험시간을

차분하고 평온하게 이겨내렴

마치고 나면 홀가분해지길 기도한다.

축 졸업

수많은 날들을 잘 지내왔구나

활짝 웃는 너의 표정이 꽃이다

꽃과 같이 아름답고 멋진 너

꽃피울 너의 청춘을 응원한다

고맙다 사랑한다 축하한다.

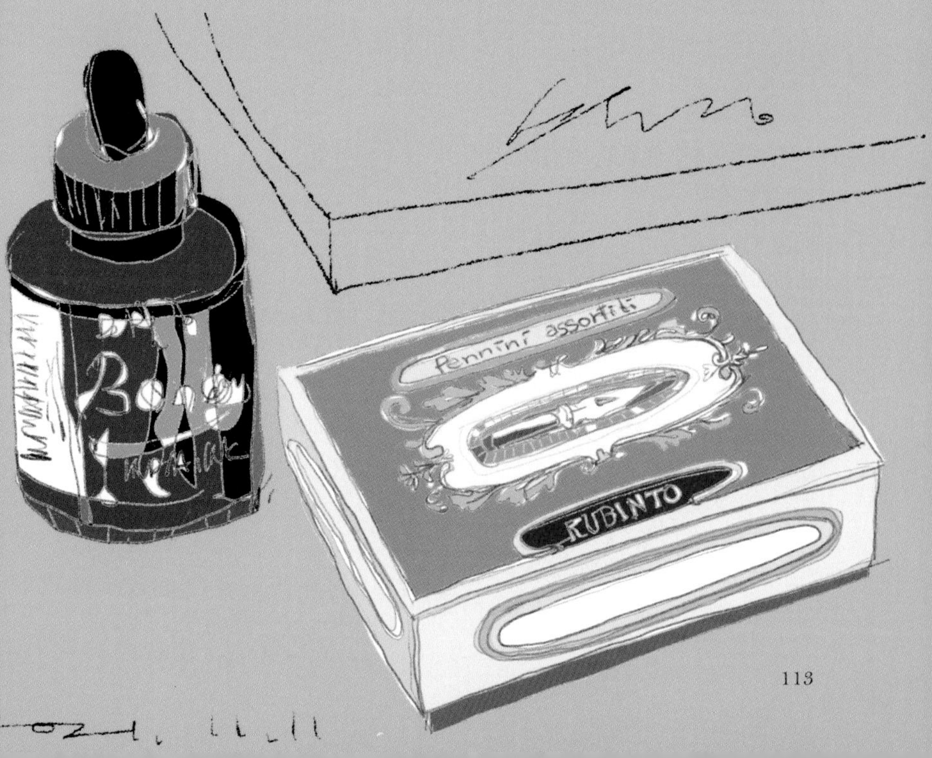

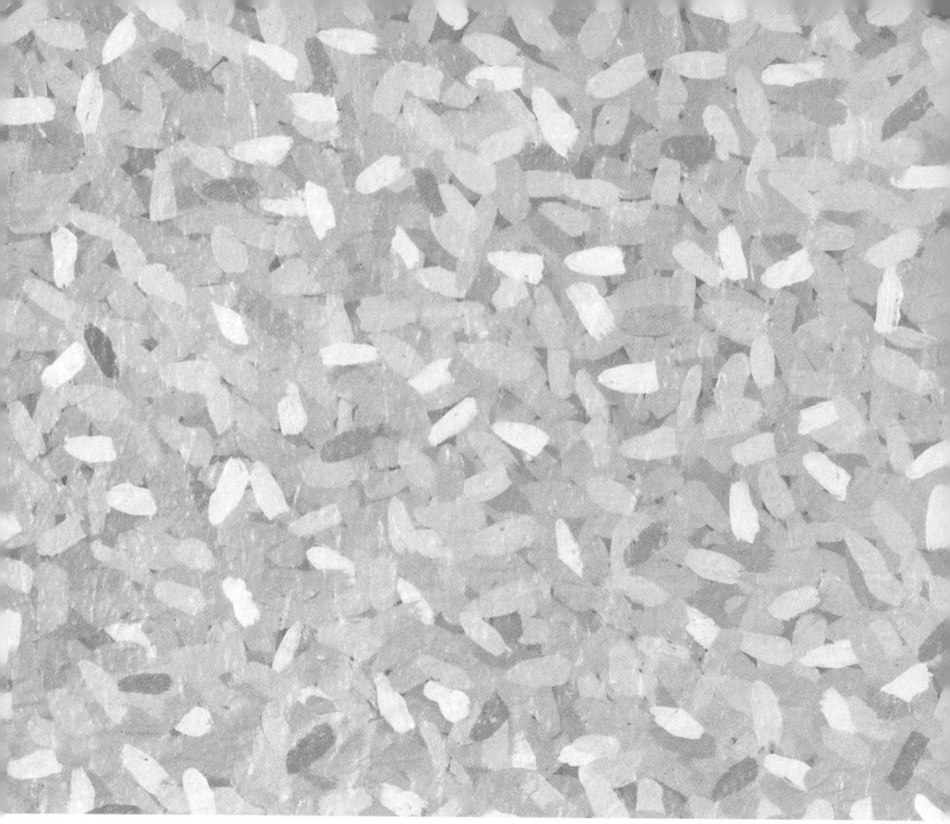

졸업을 축하해

그동안 배우고 익혔던 시간의 결과물들이

앞으로 네가 가는 길 위에 보석이 되어

반짝반짝 빛날 거야

만나는 많은 사람들에게

인정받고 사랑받을 너를 생각하니 기쁘다

성실했던 날들에 축복을 보낸다.

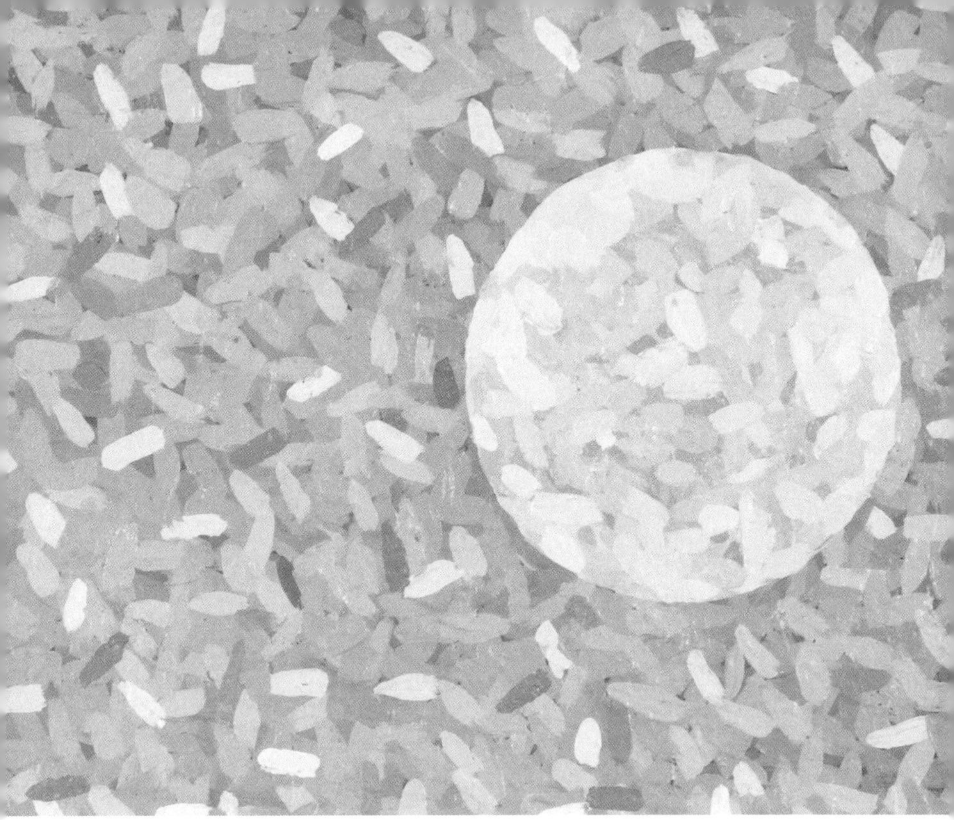

보름달

밝은 달빛 아래 우리

웃음도 둥글다

어둠이 우리 뒤에 숨었네

너를 만난 기적

그날 그때 거기서 우리가 만났음이

같은 생각을 나누며 친해질 수 있었음이

힘겨웠지만

그 꿈을 향해 걸으며 때론 뛰며

서로에게 버팀목 되어줄 수 있었음이

자주 오랫동안 좋은 곳에 머물렀음이

그리고 지금의 나로 살아가고 있음이

김장

가을 햇살 아래 토실토실 살찐 배추

병아리 같은 배추 속이 사랑스럽다

찬바람 불어오는 겨울 문턱

가족들 옹기종기 모여 앉아

봄 여름 가을을 버무린다

계절마다 피웠던 웃음꽃들이

김치 속에 담긴다

- 인천광역시 서대문김치찜 식당 출입구 유리문에 게재 (2022. 12)

너와 나

서로를 좋아하는 우리

꽁꽁 언 겨울 잘 이겨냈으니

새싹과 봄 향기 찾아 나서자.

• 서울특별시 서초구 방배동 방배도서관 벽보 시 게재 (2022. 01)

안부

잘 있나요? 하고 묻지 않을게요

잘 있지요? 라고 물을게요

그대도 나와 같은 마음일 거니까요

바쁜 그대에게

하늘을 보아요

나무들도 보세요

숲을 보면 더욱 좋구요

뭐니뭐니 해도 우리 밥 같이 먹어요

책을 읽어요

영화도 보아요

일기를 쓰면 더욱 좋구요

뭐니뭐니해도 우리 여행 같이 가요

대숲에서

대나무처럼 안을 비우면서도

키가 크는 법을 배운다

몸과 마음이 가벼워진다

처서맞이

여름아 잘 가

가을아 어서 와

높은 하늘 살랑이는 바람

풀벌레 노래 소리 반갑다

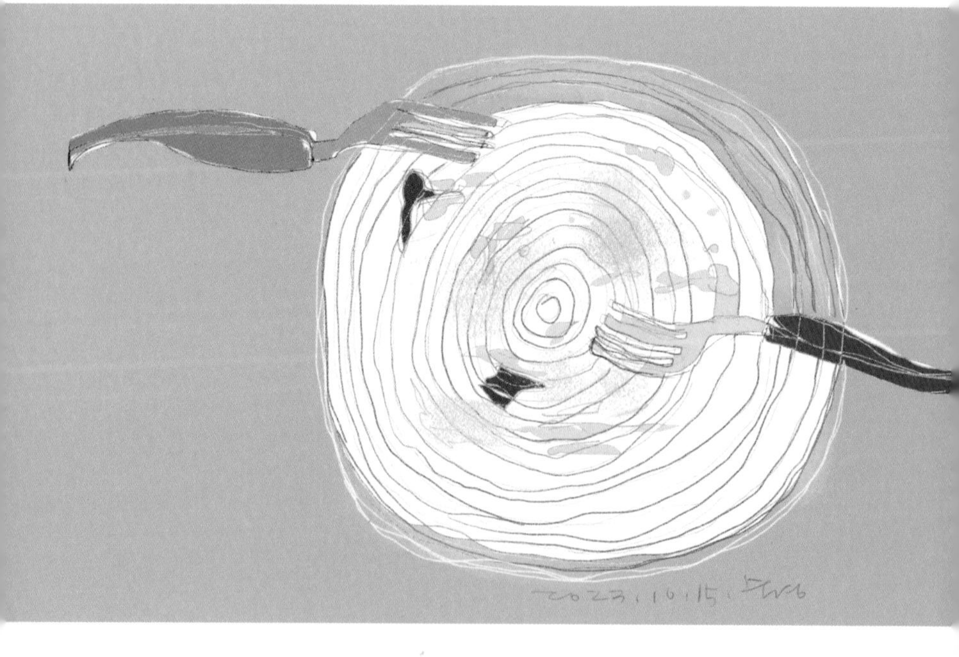

• 유한킴벌리 홈페이지 숲속힐링글귀 (2022.10)

우리

너의 이야기가 들려

너의 눈빛이 보여

너랑 함께 걷던 길

너랑 함께 먹던 밥

너랑 함께 보던 별

너랑 함께 가꾸던 꽃

그토록 많이 웃었던 날들이 다시 올까?

내 삶에 활력 에너지 가득 충전해줬던 날.

눈오는 날

눈이 부시도록 하이얀 세상이다

아픈 곳 만져주고

추운 곳 덮어준다

자연을 보며 더 많이 감동하라 속삭인다.

눈 쌓인 하얀세상

어린이를 동화 속으로 들어가게 하고

어른들을 어린이로 만들어 버리는 세상

시샘바람 이겨내면

시절은 봄 한가운데에 머물렀다
한낮 남쪽으로 난 유리창 안쪽에선
따사로운 햇살에 미소 짓지만
유리창 밖에는 어깰 잔뜩 움츠리게 한다
봄바람이란 녀석이 부리는 요술이다

아기 손같이 보드란 잎을 가진
어여쁜 연둣빛 단풍나무는
나지막하게 속삭인다
이 시기를 잘 견뎌야 한다고
그래야 만이
　　여름 뜨거운 태양도 받아들이고
　　　폭풍우 비바람도 이겨내고
　　　　　가을날 눈부시게 아름다운
　　　　　붉은 비단옷을 입을 수 있다고

• 대한민국 기상청 대표 블로그에 게재 (2021.3)

씨앗

동글동글 딱딱하고
지극히 작은 것이
한없이 커진다
초록초록 활력 세상을 만든다

어제와 오늘을 영원히 이어준다

여행

같은 곳을 보며 감동하다가

마주 보며 행복해하는 것

찬란한 봄

눈 들어 보이는 곳마다 연두색과 초록잎새
물결 되어 반짝반짝 빛이 난다
초록색을 배경으로 피어난
빨강 노랑 분홍꽃들은 눈부시게 아름답다

바람 살랑살랑 불어와 좋은 날씨
여린 나뭇잎들 기분 좋게 춤을 추고
어여쁜 꽃들도 활짝 피어 웃으니
너도 웃고 나도 웃고
찬란하다 우리가 누리는 이 봄

06

나 그대와 함께하니 더욱 좋습니다

거울

마주 바라보고 서면

내얼굴 내모습을 비춰주는 거울

바르고 깨끗하게 만질 수 있어서 고맙다

그러나

내가 볼 수 없는 나의 뒷모습과

무심결의 말과 행동

자녀와 타인에게 거울이 된다

본이 되어야지 다짐할 수 있어서 고맙다.

생일축하

아름다운 그대에게

축복의 마음을 전합니다

지나온 세월 곱게 어루만져

삶의 여정 꽃으로 피우나니

오오라

사랑이라

그 꽃향기 번져가고

벌과 나비들 모여듦은 행복입니다

그대 만난 것을 기뻐합니다

당신을 사랑합니다

나이의 재발견

나이는 어디로 먹는 걸까
예전엔 나이를 입으로 먹었다고 생각했다
먹었으므로 키도 크고 몸도 컸으니

가만히
손을 들여다보았다

세월 따라 굳은살이 생기고
손가락 마디마디도 거칠어졌다
어린시절 신나게 놀았던 손
학창시절 열심히 공부했던 손
어른되어 부지런히 일하게 된 손
만들고 가꾸고 나누고 베풀고 도우며
지나온 세월
나이는 손으로 먹었음을 알게 되었다.

만남 앞에서 인연 앞에서

화장한 얼굴보다 그 모습 그대로인 손을 보자

나무가 나이테를 가졌다면

사람은 희로애락의 세월 담아낸 손이 있다

곱고 부드러운 손보다

나이만큼 진한 세월의 흔적을 담고 있는

거친 손을 잡고 칭찬하며 위로하자

손의 이력을 묻고 손에 입 맞추자

그 손은 숭고하며 자랑스럽다

개인의 이력을 풀어내는 위대한 손이다.

부부애

부지런하게 보낸 세월 때때로

부여잡고 싶었지요

애정 표현하지 않았어도 알아줘서 고마워요

부질없는 맘 생각조차 못 하고

부대끼고 나누며

애틋한 마음으로 사랑하며 지나왔네요

부드럽고 고운 당신과

부부되어 산 세월을 감사합니다

애썼어요 고마워요 사랑해요

힘들어하는 너에게

내게 와

내 곁으로 와

아무 말 안 해도 돼

곁에 서 있기만 해

너의 허물까지 다 이해해

내게 와

내 품으로 와

와서 안겨도 돼

소리 내어 울어도 돼

너의 아픔을 다 받아줄게

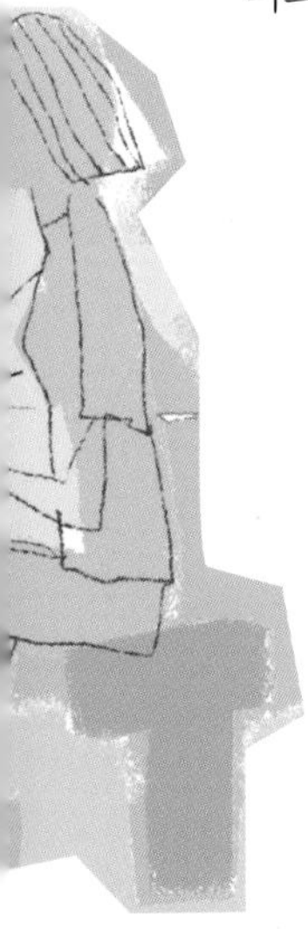

• 전북고창 담마북카페 유리벽에 게시

향기

책 들고 있던 손이

예쁜 꽃을 들더니

이제 맛있는 음식 만들어 들었네

너의 손에 향기가 배어 있다

• 오니기리와이규동 부산 주례 홍보 광고판 게재 (2022. 8)

세월 가는 풍경

록 가수 매미님이 높은 나무에서

슬금슬금 내려온다

섬돌 아래 귀뚜라미님께

마이크를 건넨다

폴짝

풀숲으로 무대를 옮겨 발라드 노랠 부른다

아~ 가을이구나

• 충청남도 관광 웹진 보령 무궁화 수목원 소개 글에 게시 (2019. 09)

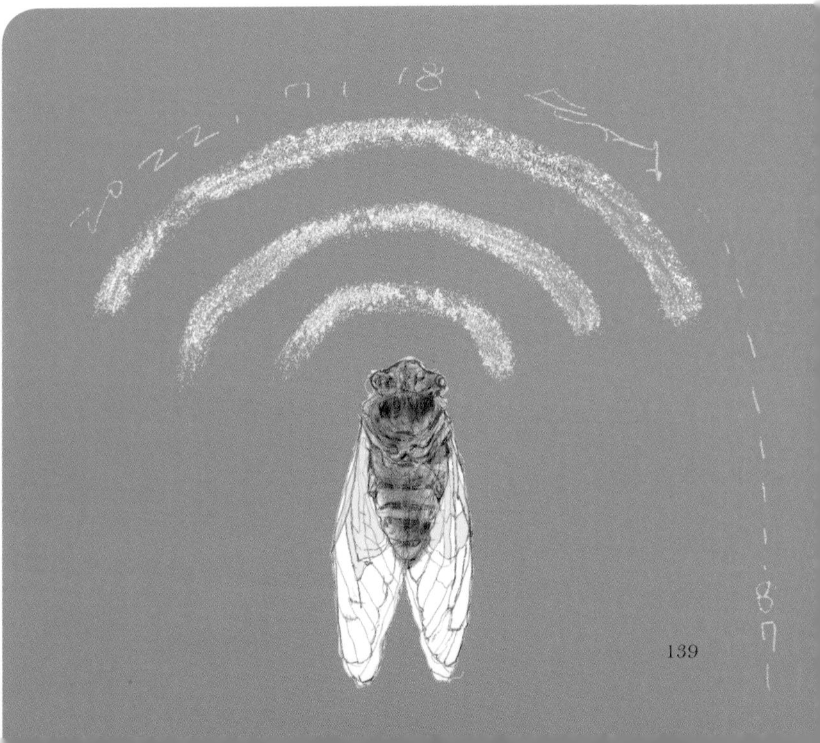

천생연분

그대와 나 공통점이 많아 좋습니다

좋아하는 노래

좋아하는 계절

좋아하는 색깔

좋아하는 음식

나 그대와 함께하니 더욱 좋습니다

느낌

말하지 않아도

난 알 수 있었어요

그대 눈빛이 내 심장에 파고들었으므로

짝사랑

그대 내 곁에 와서

내 마음을 들여다보세요

아닌 척 외면했어도

내 가슴은 콩닥콩닥 뛰고 있는걸요

인연

스쳐 지나가는

그 찰나의 순간

우리는 눈빛을 나누었다

언젠가 만날 것 같은 느낌

예상은 적중했다

우리는 꼭 만나야 할 운명이었던 것을

첫사랑

두 눈이 반짝반짝

가슴이 두근두근

온종일 그대 생각

전혀 다른 세상이

존재한다는 것을

처음으로 알게 된

놀라운 세상살이

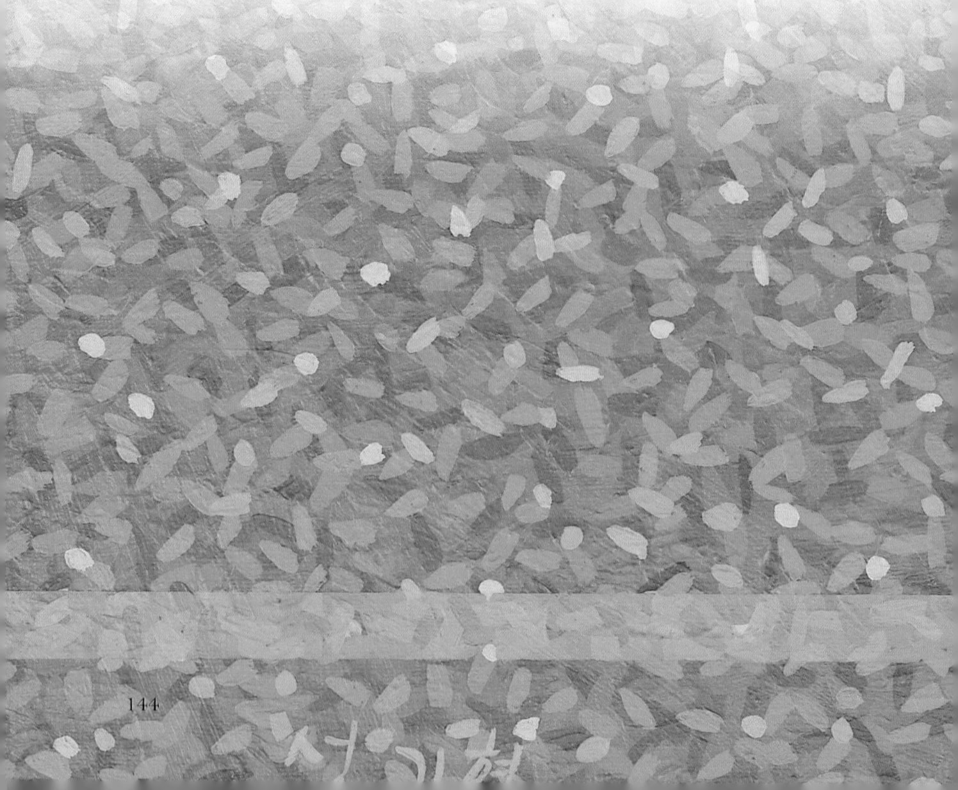

처서

소슬바람 뒤로 여름이 숨는다

방긋 웃는 뭉게구름을 올려다보며

우리 함께 웃으니

풀숲에 귀뚜라미도 귀뚤귀뚤 노래 부른다

- 30만 삼성임직원 인트라넷 바탕화면 게시 -제일기획제작- (2022.08)
- 중소기업기술정보진흥원 절기 처서에 홍보 게시 (2021. 08. 31.)

좋은 나무

새봄 연둣빛 새싹 틔워 설레임 준다

여름 시원한 그늘 만들어 쉬어가게 한다

가을 예쁜 단풍으로 물들어 감동하게 한다

겨울 추위 속에 앙상한 가지

당당하게 드러냄으로 자신감 갖게 한다

내 사랑하는 아들딸에게

하늘의 신이 보내준 선물

내게로 와서 보물이 되었지

내 아들 내 딸로 존재해 줘서 고마워

너의 듬직함과 너의 사랑스러움이

우리의 삶을 여유롭게 만들어줬어

사랑해

언제까지나 서로 손잡고 마주보며 웃자

밥상을 대하는 태도

내 사랑하는 아이들아

우리의 소중한 삶은

먹는 것으로부터 출발한단다

매일 밥상 앞에 앉을 때마다

여유와 감사한 마음을 가지렴

배고픔으로 힘들어하는

네 또래 아이들을 한 번쯤 생각해보고

그 밥상 정성껏 준비한 젖은 손을 기억하렴

아쉬울 때 수저 내려놓는 습관을 들여

포식하지 않기를 바란다

한해 한해 흐르는 시간 속에

몸무게가 늘고 키가 클수록 더욱 겸손하렴

홀가분

다 이해받고

다 해결된 일들

내 생각이

내 몸이 하늘을 난다

새털만큼이나 가볍다

고맙다

우리 다시

우리 다시 잘해보자

내민 손 잡고

나를 일으켜 세운다

의자

너 없었으면
우리들이 어떻게 살아올 수 있었을까
곰곰히 생각해본다
교실 사무실
공항 영화관
버스 비행기
수많은 곳에서 오랜 세월 동안
소리 내지 않고 낮은 모습으로
우리들의 고단함을 덜어줬구나
고마워
너에게 겸손함을 배운다

의미 부여

누가 뭐래도 상관없어

나 스스로 특별하다고 여기는 것

그래서 기억하고 싶고

그래서 간직하고 싶고

그래서 더 자세히 들여다보고 싶은

물건 그것

숫자 그것

사람 그대

07

너와 나의 이야기가 다랑다랑 걸렸다

글숲

내 삶을 시에 담아

내 삶을 글에 담아

삶속에 작은 동산으로 가꾼다

시간이 지나면서

작은 동산엔

풀과 이끼가 나고

꽃과 나무도 나서 자랄것이다

자란다 자란다

잘한다 잘한다

자라는 것은 잘하는 것이다

풀숲엔 곤충들이

꽃들엔 나비들이

나무엔 새들이 놀러와 친구가 된다

아름다운 숲이 된다.

시숲 글숲에 와서 놀자 윤덕이랑

별

어둠을 예쁨으로
밤하늘이 반짝반짝
너와 나의 이야기가
다랑다랑 걸렸다

흙

비와 눈

바람이여 오라

작은 곤충들과

풀씨도 어서 오라

꽃과 나무 우리 삶터

견고히 뿌리 내리게 하는

고마운 그대

숭고한 물

생명 근원의 물방울

산천초목 적시어

새싹을 틔워내고

꽃과 열매로

풍요로운 삶을 인도하는

가장 숭고한 그대

힘 있는 물

거칠고 모난 것을 어르고 달래며
뿌리 깊은 나무와도 친구하며
수백 년의 역사를 이어가게 하는
가장 힘 있는 그대

소중한 물

흐르고 흘러

적시고 적셔

생명을 틔워

온 세상 꽃피게 하는

가장 소중한 그대

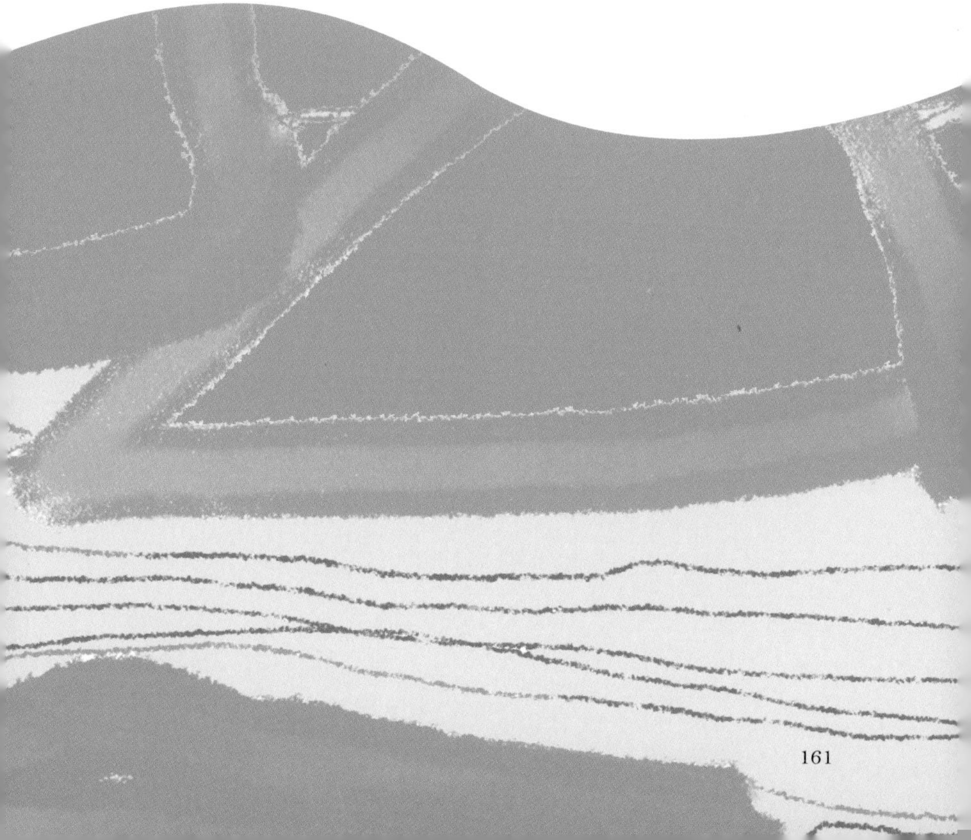

숲

모든 생명을 품고

푸르게 푸르게 키워내는

가장 웅장한 그대

친구에게

구구절절이 내 모든 것을 이야기해도

내 모습 그대로를 인정해주고

내 편이 되어주는 좋은 너

신이 내게 주신 축복 중에 축복은

너를 내 친구로 만나게 한 거라 생각해

스산한 가을바람 불어올 때에

내가 향 좋고 따뜻한 차 만들어갈게

낙엽 쌓인 길을 걸으며 삶을 이야기하자

너로 인해 가을이 행복하고

다가올 겨울도 춥지 않을 거야

우리 오래도록 서로의 어깨를 빌려주자

언제라도 기댈 수 있도록

• 동아대학교 다우미디어센터 '오늘을 시인하다' 게시 (2022. 03. 21)
• 울산제일일보 문화면 디카+詩 게시 (2021. 10. 07)

친구

좋다

너와 함께여서

웃는다

내 곁에 있는 너를 보고

좋은 너

너의 표정은 늘 미소를 담고 있지

너를 보면 나도 같이 미소 짓게 되니 좋다

니가 하는 말은 어쩜 그렇게 긍정적인지

너랑 이야기 하면 언제나 기분이 좋아진다

좋은 너와 인연 맺고 정다운 사연 만들어가니

나는 참 행복한 사람

사랑의 무게

사랑은 때로

가볍고 가벼워서 새털구름 같고

사랑은 때로

너무 무거워서 집채만 한 바위 같고

우리들의 날들

목표가 있기에

열정의 나날이 있고

꿈이 있기에

고통의 순간들이 있다

함께하는 인생길

맛있는 음식 함께 먹으며 위로하고

시시때때로 변화하는 하늘 보며 위로받는다.

삶

살아지는 것도 삶이고

사라지는 것도 삶이다

조금 더 배려하고

조금 더 관심 갖으면

사라지는 날들보다

살아져서 추억으로 쌓이는 날들이 많아져

우리 살아가는 이야기들이 풍요롭겠지

밥

엄마의 정성
식탁 위에
새하얀 사랑꽃이 피었다
꽃향기는 김이 되어 피어오른다

사랑꽃과 이야기꽃이 하나 되고
우리 엄마는 삼라만상을 키우는
태양이 된다

따순밥

너의 기쁜 날을 축하하고

너의 아쉬움의 시간을 위로하며

너를 오래오래 사랑할 거다

따순밥 함께 먹으면서

같이 밥먹어요

마주 보고 앉아

도란도란 이야기하며

같이 밥 먹어요

마주 보면 더 활짝 웃을 수 있을 거예요

지난날을 회상하며

위로와 칭찬을 나누고

내일에 꿈을 기쁘게 이야기해요

밥 속에는 이야기가 들어있어서 좋아요

고마운 낙엽

늦가을 찬비가 내린다
나뭇잎이 여행을 떠난다
뒹굴고 뒹굴다
마르고 키작은 풀숲에 멈췄다
새봄 새싹 틔울때까지
내가 니 곁에 있어 줄게

추석

소원은 달빛속에 휘영청

풍요는 어깨위에 찰랑찰랑

행복은 발등에서 사뿐사뿐

둥근추석

둥글고 둥근 사랑

함께한 가족들 웃음이 둥글다

풍요를 빚는 송편

소원은 둥근달로 밝게 떠오른다.

꽃심전주

사람들은 자연을 사랑하고

자연은 사람들을 품었네

온전한 고을에 꽃이 피네

꽃피고지고 꽃피고지는 꽃전주

발걸음을 멈추게 하는 예쁜색

머물러 살고 싶은 평안한 도시

사람과 꽃이 한데 어우러져

고운 빛깔로 밝은 세상 만들어가네.

08

그 맘 알아

일상

나는 날마다

내 마음밭을 꽃밭으로 가꾸며

살아가고 있습니다

• 장흥 남파랑길 벽화시 게재

걸음

일어나 걷자

걸음은 내몸에 거름이다.

외로울 때

하늘을 봐요

드넓은 창공이 흰 구름이

그대에게 말을 걸어 줄 거예요

숲으로 가요

각기 다른 나무들이 풀들이

그대를 다독이며 속삭일 거예요

일기를 써요

지금의 상황을 정리하여 글을 쓰면

글씨 하나하나 문장 한 줄 한 줄이

눈물 나게도 하고 미소 짓게도 할 거예요

골목

도심 속 오솔길

굽이굽이 굽은 길 뒤에

이야기가 숨어있다

낮은 담 너머

작은 창문 너머에

올망졸망한 눈빛들

이야기를 찾는다

보일락 말락 보일락 말락

알콩달콩 깨 쏟아진다

나의 생활 동사

이른아침 기지개를 쫙편다

거울보며 기분좋게 웃는다

집나서면 씩씩하게 걷는다

누굴보든 내가먼저 인산다

필요찾아 무엇이든 적는다

주신음식 복스럽게 먹는다

매일매일 언제든지 감산다

일과후엔 편안하게 잘잔다

꿈을 향해

뚜벅뚜벅 널 향해

성큼성큼 걷는다

한 줄기 빛이 쏟아진다

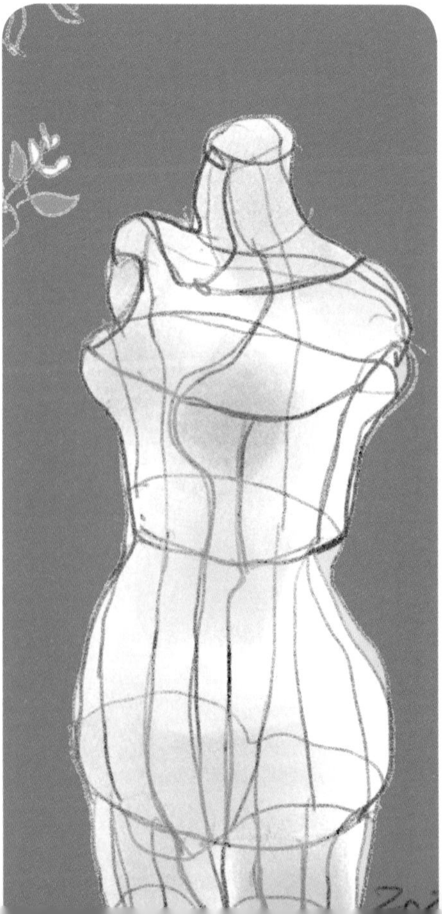

화해

흘겼던 눈을 삐죽거렸던 입을

고운 모습 원래대로 돌립니다

한쪽으로 치우친 생각이 오해를 낳았어요

미안해요

서로를 바라보며

웃음 짓는 시간을 기뻐합니다

사진

하나 둘 셋

김치~

너와 나 우리의 그때 그 시간을

네모난 공간 속에 멈춰 세운다

시간이 흘러도 흘러도

그 모습 그대로다

가을 숲으로 가자

가을이 내려앉았다

나무들이 손잡고 있는 숲으로 가자

가슴에 담았던 모든 것을

잠시

내려놓아도 좋은 계절

가을 숲길을

우리도 손잡고 거닐자

• 서울특별시 서울의료원 마음글판 게재 2023/가을

소통

창문 없는 집을

창문 없는 자동차를

창문 없는 교실을

창문 없는 사무실을

생각해 본 적 있니?

찬란한 태양이

상큼한 바람이

은은한 달빛이

분주히 오가는 사람들이

창을 통해

우리에게 오고

우리에게 비춰진다

너와 나 서로의 삶을 마주보며

창문 같은 역할을 하자

달님

어찌 그리도 온화하게

웃고 계시는지요

우리가 손잡고 가는

어둔 길을

훤하게 밝혀 주시네요

달님 고맙습니다

이별

시간이 멈췄다

생각도 멈추었다

추억에 갇혀버렸다

• 다음웹툰 [님은 먼곳에 結] 본문 내용에 사용 (2021. 03)

찬밥

배가 고파 밥을 지었다

윤기 나고 입맛 도는 새 밥

한술 뜨려니 목이 메인다

가족들이 곁에 없다

친구도 곁에 없다

밥상 앞에 홀로 앉은 내 모습

배고픔은 사라지고

밥이 식어간다

외로움이 차오른다

보고 싶은 사람들

모습이 보이지 않는다

마음마저 보이지 않는다

환호

세상 모든 근심 걱정 다 내려놓고

오직 좋은 한 가지에만 마음을 담아

티낸다

표현한다

소리지른다

손에 손잡고 어깨동무하고

손을 높이 들고 뛴다

마주보며 웃고 웃는다.

숲이 좋아라

옹기종기 버섯들

파릇파릇 풀들

크고 작은 과실수들

아름드리 우람한 소나무들

서로서로 어깨동무 하고 있다

꽃들을 새들을

곤충들을 동물들을

바위들을 열매들을

밤하늘에 초롱초롱 별들을

굽이굽이 돌고도는 계곡물을

이 땅 위에 방긋웃는 우리들을

품어주고 세워주고

받쳐주며 담아내는 고귀한 안전지대

숲이 좋아라

숲이 좋아라.

빛

햇빛 달빛 별빛

불빛 물빛 풀빛

밝음을 주는 빛

우리가 머무는 곳에

빛을 밝혀야 한다

우리의 얼굴과 마음에 빛이 있고

우리의 말과 글에도 빛이 있기에

견딤의 시간은

아프다 슬프다 생각지 않고

힘들다 괴롭다 말하지 않고

지긋이 속입술을 깨무는 것입니다

둥근시계 속 3.6.9.12 숫자를 보며

묵묵하게 시간을 채우는 일입니다

스스로를 위로할 때는

낮은 목소리로 말하고

호흡을 길게 하여

평안함도 오래 유지되도록 해야 합니다.

봄 지나 여름이 오고

가을과 겨울까지도 품은 채

견딤의 시간이 지나면

쓰임의 시간은

머지않아

스며들 듯 그대 곁에 찾아올 것입니다.

그리움 기다림 고마움

그리워 그리워라

가슴에 꼭 꼭 담아 두었던 그대

어느 하늘 아래서

어떤 모습으로 살아가고 있을까

다시 만날 날 기다리고 기다리며

가끔씩 상상으로 들여다보던 그대

이제 더는 그리워말라고

다시 내곁으로 와 준 그대

고마운 그대

너의 길을 응원한다

어깨를 활짝 펴거라

거울 한 번 더 보고 매무새를 보렴

올라간 입꼬리 가벼운 발걸음

네 앞에 넓고 큰 길이 펼쳐졌구나

가다가 좁은 길이 나오더라도 움츠리지 마

가시덤불길이 나왔다고 주저 앉으면 안 된다

그 길 너머에

푸른 초원 향기나는 꽃길이 너를 기다리고 있으니

때론 차갑게

따뜻함만으로는 잘 살 수 없어

차가움도 필요해

후텁지근한 날

지친 몸

지친 마음

차가운 물이

정신 번쩍들게도 하잖아

가끔은 탄력을 갖자

때론 차가움도 가까이하자.

그 맘 알아

잘하려고 얼마나 애썼을지

알지 난 알지

이만큼도 잘한 거야

너무 슬퍼하지 마

너무 아퍼하지 마

기대한 것에 닿지 않아

서운한 너의 마음을 위로한다

평안과 여유를 가지렴

이리와 안아줄게

따뜻한 밥 같이 먹자

표지 및 본문 그림

화가 김숙경
동덕여자대학교와 대학원에서 한국화 전공. '나의 이야기'이기도 하고, '그녀의 이야기'이기도 한 여자들의 이야기를 한국화 채색기법으로 그림. 2020년 3월 1일부터 매일 드로잉일기를 그리고 쓰다가 1370일째 서윤덕 시인의 시를 만남

화가 김철성
서울교육대학교 미술교육과 졸업, 한국교원대학교대학원 미술교육과 졸업(석사 및 박사), 현재 관악미술협회 고문, 한국미술협회, AAA(아시아미술가협회), AFI(아트포럼인터내셔널), 한국기독교미술인협회

화가 성기혁
홍익대학교 대학원 문학박사, 홍익대학교 산업미술대학원 미술학석사, 홍익대학교 미술대학 미술학사, 현재 경복대학교 시각디자인과 교수, 학생성공처장, 스튜디오 경기도 남양주시 별내동 파라곤스퀘어

서윤덕 시집 **그 맘 알아**

초판 1쇄 인쇄 2024년 2월 5일
초판 1쇄 발행 2024년 2월 13일

지은이 서윤덕
펴낸이 김재광
펴낸곳 솔과학
편 집 다락방
영 업 최회선
디자인 miro1970@hotmail.com
등 록 제02-140호 1997년 9월 22일
주 소 서울특별시 마포구 독막로 295번지 302호(염리동 삼부골든타워)
전 화 02)714-8655
팩 스 02)711-4656
E-mail solkwahak@hanmail.net

ISBN 979-11-92404-67-7 03810

© 솔과학, 2024
값 13,000원

이 책의 내용 전부 또는 일부를 이용하려면 반드시 저작권자와 도서출판 솔과학의 서면 동의를 받아야 합니다.